铜仁学院困牛山红色文化重大委托课题“困牛山组诗”成果
铜仁市二〇二二年度文艺精品创作扶持重点项目成果

走向困牛山

主　　编　孙向阳
执行主编　王晓旭

GUANGXI NORMAL UNIVERSITY PRESS
广西师范大学出版社
·桂林·

走向困牛山

ZOUXIANG KUNNIUSHAN

图书在版编目（CIP）数据

走向困牛山 / 孙向阳主编 ; 王晓旭执行主编. -- 桂林 : 广西师范大学出版社，2023.6

ISBN 978-7-5598-6041-5

Ⅰ. ①走… Ⅱ. ①孙… ②王… Ⅲ. ①诗集－中国－当代 Ⅳ. ①I227

中国国家版本馆 CIP 数据核字（2023）第 088689 号

广西师范大学出版社出版发行

（广西桂林市五里店路 9 号　邮政编码：541004
网址：http://www.bbtpress.com）

出版人：黄轩庄

全国新华书店经销

广西广大印务有限责任公司印刷

（桂林市临桂区秧塘工业园西城大道北侧广西师范大学出版社集团有限公司创意产业园内　邮政编码：541199）

开本：880 mm × 1 240 mm　1/32

印张：5.625　　字数：100 千

2023 年 6 月第 1 版　　2023 年 6 月第 1 次印刷

定价：35. 00 元

★★★

一九三四年十月十六日，红十八师五十二团在贵州省石阡县困牛山一带遭遇了一场惨烈的战斗，负责断后的一百余名战士宁死也不做俘虏、不伤百姓，集体跳下七十多米高的悬崖，除了七人幸存，其余全部壮烈牺牲。

—— 题记

目　录

教师篇

学生篇

教师篇

困牛山情思（长诗）

向笔群[①]

困牛山，以一种庄严
在历史的烟尘之中
洋溢悲壮的故事
——题记

一

有一批人，在这里
与大山共眠

① 向笔群，男，土家族，重庆酉阳人，铜仁学院三级教授，硕士研究生导师，中国作家协会会员，贵州纪实文学学会副会长。在《文艺报》《民族文学》《诗刊》等报刊发表文学作品100余篇。出版专著《山地诗情——土家族新诗创作评论》《孙因评论》等15部。长篇小说《县治》获第三届“长江杯”网络文学大赛冠军，诗歌《黄河谣》获宁夏第二届黄河金岸诗歌奖二等奖，长篇纪实散文《爹》获第三届网络文学奖散文奖，《贵州土家族风俗风情文化研究》获贵州省人民政府第十二次哲学社会科学优秀成果三等奖。

凝练，口口相传的故事
赋予，山中鲜红的谜底
一腔让人难以破解的号声
激荡，尽情挥洒

他们从哪里来
或者说，他们究竟是谁
只有泥土知道，只有
天宇知道

他们的生命
化为，山的脉络
建构，山的另一种姿势
滋养一棵草或一棵树

或者，以一种音容笑貌
告诫我们，以及我们
继往开来的后人
孩子，请记住
为了你们的今日
我在这里长眠
悲壮着一个
宏大的悲壮

二

这里的故事
总与地名有关
三步跳，黑滩河
虎井沟，老君山
很多让人费解的地名
内含着红军的元素

水边，流着
一个惊心动魄的军魂
坡上，勾勒
一幅血淋淋的场景
尽管，依稀看到
曾经硝烟中的身影
想象着，那些
曾穿灰布制服的人
他们，在生命最后瞬间
用自己的肢体语言，阐释
他们的初心与理想
流露在烟雾之中
阳光之下，最后
慢慢回归，泥土
哺育着茁壮成长

生命轮回的植物
或者养育四季
不败的杜鹃花

此刻，我们
心灵，五味杂陈
想不出，一个恰当的句子
表达，我们此刻
这种流泪的情思

在溪流边上，我看见
一支红色的水草
不慌不忙地
构思着他们
故事的框架
或许，他们就是
世界的一棵无名小草
或者，人间
最美好的那一点红

三

那是一个秋天
人们向往的节日
重阳节，你们在外
为受苦人打天下
让更多的人
过好这个充满
收获或者尊敬的节日

一群来自江西、湖南
还有其他不同省份的人
为了英特纳雄耐尔
组成的队伍
从苏维埃出发
两个多月，千辛万苦
三千里云和月

石阡甘溪，一场
突如其来的遭遇
一场刻骨铭心的战斗
让转战后面的他们
掉过头，吸引敌人

让战友，突出重围
把生的希望留给
自己的同志
把死亡留给
年轻的自己
一种空前绝后的勇气
一种举世景仰的精神

一种，只有你们
才具有的品格
继往开来
或者传承

那一跳，那一跳
让人，难以忘怀的一跳
跳成举世瞩目的血祭

四

敌人的狡诈
如一群狼，恶狠狠
赶着一排排群众
他们或者是你们
傻眼了，想不到
反动派，丧尽天良

敌人杀手锏
考验着我们
当时的他们，只有
这样想，这样做
把枪，抬高一些
再抬高一些
前面可能是当地农民

一个幸存者，后来
泣不成声地讲
凭我们，当时
意志与战术
不可能牺牲那么多战友
也不可能让敌人，阴谋得逞
我们打仗，为穷人

咋能，向穷老表开枪
也许，正是敌人
摸清了我们的心理
才会要出这样
丧尽天良的狠招
一排排战士倒下
尽管，当时，曾想
准备绝地反击
但是，为了百姓
一退再退
可能，我们将在这里
光荣了，在下面的黑滩河
（因为，我们已经没有了退路）

五

当敌人从四面八方
压来，枪声，像疾风暴雨
你们抬着头，打完
最后的一颗子弹
已经无力回天

死也不能背叛革命
死也不当俘虏
用自己的一点力气
兑现参加革命的誓言

退了一步
下面就是悬崖
下面就是生与死的关头
容不得我们有妥协的思考
容不得我们，半点犹豫

跳吧，不能
将枪留给敌人
（砸坏我们的武器）
一个遍体鳞伤的干部
用尽最后的力气

喊出了惊天动地的一句
山谷在回音
天空在哭泣
演绎：一种
气吞山河的壮举

跳下去了，跳下去了
震惊黑滩河边虎井沟
惊醒了，困牛山
一草一木

溪水红了，轻轻涌动
一个又一个波涛
跳动红色音符
一支悠远曲调
流淌，革命的旋律
建构一种传说
一个故事
或者一首诗歌
蕴含红色基调

溪水，轻轻地打起了节拍
抚摸着波涛
唱起一支
源源不断的红色歌谣

（那是永不消逝的歌声）
把红色基因
长满千山万水

六

没有人，敢说
能用自己
喋喋不休的语言
描绘这悲壮的故事
也没有人的思维
能还原当年的情景
百多人鲜活的生命
在山坡上，溪水里
远去战场的重构
雕塑一支队伍
精神的源泉

发育，各种神奇的传说
惊天地，泣鬼神

山在哭泣，天在流泪
这是宇宙对你们最好的悼词

山里人啊，晚上
冒着被杀头的风险
悄悄，将你们的遗骸
埋进这片深情的土地

为了，不让
你们，成为
孤坟野鬼，像对待
自己的祖先
或者英年早逝的儿女
逢年过节，祭祀
烧香，化纸
……延续着
几代人，以自己
朴素方式，表达
自己真挚心情

红军兄弟为了我们
流落到我们这里
不能让他们
在我们这里当野鬼
后来，老人讲
（此时，他热泪盈眶）

困牛山的小路边
一个不显眼的地方
熏成一种心的印迹
（被香纸火焰熏成）
这是一种地域良心的遗存啊

这是一种情感啊
质朴，如山里
路径一样自然
那样沉默，或者源远流长

这是历史啊
这是人民的情怀
遇难红军，以另一种形式
活在人民的心底

七

你们的战友，不停
寻找着你们
发往中央的电报里
五十二团至今未归
一天过去了
一月过去了
一年过去了
十年过去……
七十年过去了……
仍然惦记着你们啊
寻找着你们，即使不在了
魂归何处？你们的首长
在临死前，为了你们
闭不上眼睛
你们的战友
一谈起你们这支队伍
黯然伤感
我们那些不知
在哪里的战友啊
那些曾经，为我们
挡子弹的战友啊
你们在哪里

你们在哪里
……
终于，在困牛山
找到你们，找到你们
这里，是你们
生命的终点
也是你们生命
升华的起点

缕缕情思，化为
一种遗憾
相思，演绎多少的传说
映山红，花开花谢七十载
桂桂阳[1]，整整叫了七十年
七十年啊，一支
红军队伍失踪之谜
在困牛山，终于
云开雾散
（不再是谜团，不再是传说）

那些带着遗憾
逝去的战友

① 桂桂阳：当地对布谷鸟的俗称。

可以瞑目了
你们的灵魂终于归队了
回到共和国烈士序列

或许你已经是一块泥土
已经是一粒小小的石头
或者只是一滴
滋润自然的露珠

（有一位老人说
他得知要背红军遗骸
去烈士墓地，他主动报名
这是他为在这片土地上
牺牲的亲人
尽的微薄之力
虔诚地，烧纸
他从无名的山坡
将一具具遗骸
背到烈士陵园
让他们安息，讲着讲着
泪流满面）

这是一种感恩
一种淳朴的感恩

一个曾经被你们首长
或者亲人苦苦寻找
七十几年的事迹
在困牛山上，绚丽多彩
或者五彩缤纷
与照耀这片土地的阳光
形成同一个家族

八

你们的愿望终于实现了
你们奋斗的地方
国泰民安，祥和的太阳
徐徐拉着一把手风琴
奏着后人无限的缅怀
红领巾，举起手
向你们保证，你们的血
没有白流

还有，你们战友的后代
在这里，洒下
一杯杯来自远方的美酒
他们哀思里，带着
逝去亲人的嘱托

或许，幸存的战友
在那个世界，早与
你们相见
同志哥，我们来哎
我告诉你们
你们的愿望实现了
……

九

你们的灵魂
得到归位
在困牛山
高大的烈士纪念碑
让你们，真正归位
你们，所有
长眠这里的战友
聚集，生长
一个地域，红色
精神的地标

困牛山上，高耸
屹立着，一座丰碑
昭示我们
不要忘记
那段可歌可泣
曾经苦难的历史
还有，那些为摆脱苦难
而英年早逝的人
尽管，他们没有留下
豪言壮语
或者留下
只言片语

山中那一座座坟茔（外二首）

孙向阳[①]

在向阳的半山腰
在一大片密林中
矗立着一个又一个土堆

这些头顶参天大树的土堆
没有石碑
没有名字
没有性别
没有籍贯

据当地老百姓说
这些土堆应该是红军坟

---

① 孙向阳，男，侗族，文学博士，铜仁学院教授，硕士生导师。中国文艺评论家协会会员、中国当代文学研究会会员、贵州省文艺评论家协会副主席、贵州省中国现当代文学学会副会长、贵州省写作学会副会长。先后在《南方文坛》《鲁迅研究月刊》《山花》等刊物发表学术论文五十余篇，出版专著两部，主持各类科研课题十余项。曾获铜仁市第二届政府文艺奖文艺理论类一等奖、第七届梵净山年度文学奖评论奖、首届贵州文学奖文学理论评论三等奖等奖项。

是十八师五十二团的部队

山中那一座座坟茔哟
早已与青山融为一体

困牛山红军壮举纪念碑

在困牛山
拾级而上
仰望一座丰碑

纪念碑高十点五米
左为困牛山
右为红六军军旗
像一支熊熊燃烧的火炬
映照在历史的天宇

底座长九米
宽三米
镌刻着四个烫金大字
——气壮山河

红军烈士纪念塔

在晏家湾
有一座纪念塔
塔下安放着数十位困牛山失散红军的遗骸

张金海老人说
这座塔是一九七六年修建的
这些遗骸是从晏家湾周边的溶洞里搜集而来的

当年
父老乡亲列队向覆盖党旗的遗骸默哀
今天
我们伫立在纪念塔下
举起右手
向那些逝去的红军英烈敬礼

困牛山，以英雄的名义（组诗）

唐竹英[①]

台　阶

石头上镌刻着风、雨、雷、电
太阳有着火热的记忆
月亮在有霜的夜晚，流下清泪
呼喊名字的方式有千万种
英雄的名字，与众不同
甘溪的山峰，高高矗立
每一级台阶，伸出臂膀
高擎着希望、理想和信仰
我们来了，取一颗火种
播撒于四季和辽阔苍穹

---

① 唐竹英，笔名东方桔雪、今夜迷离，女，汉族，湖南溆浦人，铜仁学院写作研究院教师，湖南省作家协会会员，贵州省写作学会会员，出版诗集《一生请爱我三次》《五月人间》，长篇小说《十五夜》《磐石》，作品散见于《绿风》《湖南文学》《今日女报》等。

纪念碑

像一颗子弹，指向天幕
远去的烽火，留下红色记忆
燃烧着不灭的坚强
一个民族在百人跳崖的瞬间觉醒
跳下是为了崛起
铿锵的誓言，在山涧回荡
年少的面庞，是永恒的纪念碑
天地间伫立，旗帜飘扬
风中，流淌着一首歌
向着胜利前进，前进，前进

青　山

历史在百姓的口中
汇成一本书
每个页码都沾满深情
摩挲的手指，风雨中冶炼成钢
口述史是城墙，洗过风霜
青山保持一贯的沉默
所有与历史有关的诉说
它都听过，那时的少年
把百姓看得比命还重
他们是从青山跳下河中
后来，又躺入青山怀中
最终，刻在了百姓的心中

黑滩河

黑色的石头，怀着光明的希望
在河水的喧哗声中保持静默
一只鸟飞过
影子化成分子式，被河水计算
一群人，辗转战斗
为了一个民族的明天，跳下悬崖
把太阳托付给鸟的翅膀
一缕一缕的光线被驮往远方
海平面再次升起太阳的时候
黑滩河在歌唱

少　年

瞻仰困牛山的人群中
少年的眼眸格外晶亮
跨过八十多年
一样的年华，不一样的青春
壮举是一面镜子
折射青春的光芒
有一个叫作汪忠明的少年
是红军队伍中为数不多的幸存者
百姓的鱼水深情
让少年在隐姓埋名的日子里
为那一群逝去的少年镌刻丰碑
心，随他们而去
不久后，他也魂归青山
他的故乡在江西
他的墓地在老君山
他的名字
被后来的少年们轻轻触摸
多少年过去了
他仍是少年
他们仍是少年

母亲节这天，我想起了一座山

母亲节这天，我想起了一座山
在石阡，以英雄的名义为它命名
黔东人都知道，贵州人都知道
困牛山，总有一天，全中国都会知道

一百多个孩子，我们暂且这样称呼
十七八岁，十八九岁，一二十岁
人生最美的年纪，可以在家放牛
可以去河边打水漂，可以上山砍柴
采摘四月的刺莓，扯那五月的竹笋
打个呼哨，山上的鸟儿立即一呼百应
与自然相融相合，与万物同生长

他们来自江西、湖南，来自全中国
有一个共同的名字，叫作中国少年
少年强则国强，少年觉醒则国觉醒
他们是一群醒着的少年

首先是被母亲唤醒，启明星闪烁着
像少年清亮的眼神，接着
天际的曙光，漫过群山，一溜鱼肚白
伸伸胳膊，展展拳脚，深深呼吸

多美的清晨，多美的一天
远处却传来枪声，一声、两声、三声

母亲含着泪说，孩子，我没能给你平静的生活
孩子不怪母亲，他懂，那枪声与母亲无关
他需要一个答案，这答案水里土里找不到

第二个唤醒他的是心中的迷惘
既然不明白那就去找寻答案，去问去学
母亲送别孩子，挥挥手，又挥挥手
去吧，去远方寻找答案，不要回头
那一刻，母亲也很无奈，
眼泪如洪水冲破堤坝，倾泻而下

少年果真没有回头，朝枪声响起的方向走去
跨过一座山又一座山，涉过一条河又一条河
哪里都有枪声，哪里都不宁静，哪里都混乱不堪
战火硝烟，金戈铁马，分不清谁是正义之师
少年更迷惘了，朝着家乡呼喊，热泪潮涌
母亲啊，孩儿找不到答案啊
这混乱的世界，这黑暗的人间，或许
根本就没有答案，没有出路啊，母亲

第三次唤醒他的是信仰，春风拨开乌云
释放黎明的曙光，东边的霞彩，托出一轮红日

朝着太阳升起的方向一直前进，一定能找到答案
跟谁走才能不偏离方向，跟谁走才能一直前进
少年跟随了很久，终于选定了一支队伍
他们穿着最朴素的衣服，唱着最激昂的歌曲
一直朝着一个方向走去，坚定不移
那个方向，一轮红日，喷薄欲出，那是新的太阳

少年对着家乡的方向，呼唤着母亲
把自己的选择向母亲倾诉，自豪，自信，坚定
他彻底醒过来了，不再沉睡，不再迷惘
走着走着，走到了队伍的最前面
成为先锋，成为引领队伍迎接日出的人

总有阴霾想遮住太阳
总有枪声想破坏和平
为了捍卫太阳的尊严
为了守护光明、安宁和正义
为了千万个母亲
能够拥有一个明丽的清晨和安静的夜晚
他们用打水漂的眼法瞄准敌人射击
用砍柴的力气与敌人做生死搏斗
少年，有的是勇气和决心

少年最后一次与敌人对决是在困牛山
不记得那个季节的困牛山上

是否有刺莓，有竹笋，有蕨菜，有花开
他们的眼里，只有和母亲一样的黎民百姓
敌人把卑劣放大到无以复加的境地
把无辜的百姓当作抵挡子弹的肉盾
少年悲愤的子弹，精准的枪法
竟然失去了用武之地，只能对空鸣警
乌云在战栗，太阳在燃烧，青山在哀叹

从黎民百姓的眼中，他们看到了母亲的身影
从黑滩河的涛声中，他们听到了母亲的呼唤
孩子，醒来吧，为了美丽的黎明醒来吧

立在悬崖边上
看着身后的黎民百姓和紧追其后的敌人
他们再一次迷惘了，母亲，母亲，亲爱的母亲
母亲却沉默不语，她们等孩子们自己做出选择
一旦出发，不能回头，纵使前面是深渊是火海

太阳诞生的地方，往往有高山有大海有乌云
英雄诞生的地方，往往有大爱有信念有理想

为了让高山之巅的太阳能够破云而出
为了让理想信念的种子播撒在仁爱的土地上
一群孩子
听从了母亲的召唤，遵从了自己的选择
舍身跳下，把人生定格在最美的青春年华

从此，困牛山变成了英雄山
而那群孩子，变成了英雄
那群等待孩子回家的母亲
成了英雄的母亲，伟大的母亲

心依然滚烫

张国玉是老君山村的村干部
外穿一件黑色小西装
不扣扣子，里面穿着黑色 T 恤
嗓门有点大，适合给我们讲故事

看得出，她有的是精气神
讲述一段悲壮的历史
除了记忆，还需要精神

不是见证者胜似见证者
烽烟从她的黑色西装里冒出
眼神里闪过枪林弹雨
有一颗子弹朝我飞来

我的心里装着淳朴的父老乡亲
装着亟待重整的祖国旧山河
我站在一九三四年的中国

困牛山，前后左右都是山
枪声来自四面八方
伴着风声，呼啸而至

无辜的乡亲们成为敌人的盾牌
我们的子弹只能朝天空飞去
我明敌暗，他们的子弹不会飞上天

有一颗子弹朝我飞来
击中我的肩膀，还好
偏离了心脏，我的心里装着人民

我的血喷涌而出，流淌的样子
像极了身后悬崖下的黑滩河
河水汹涌着悲愤，向我发出召唤

宁为玉碎，不为瓦全
一个人跳下
只是为了明天太阳的升起
血液融进了黑滩河水

一群人跳下
都是风华正茂的年纪
明天、明天的明天
阳光一定会更加五彩绚烂

身躯逐渐变得冰冷
心依然滚烫

心里装着一个理想
张国玉大姐说完一段故事的时候
我们的泪水澎湃成了大江大河
我们站在二〇二二年的盛世中华

红色血脉赓续绵延
心依然滚烫
英雄永不褪色
新的故事，我们接着说

困牛山，历史不会忘记

历史始终铭记着一座名叫困牛的大山
它相信，总有一天，曾经响彻谷间的悲壮
将赢来含泪的微笑和前行的力量

总有一声号角是为胜利吹奏
黎明到来的前一刻
有人在山坡上对着太阳呐喊
喷薄而出的霞光映出了可爱的新中国

悬崖边上的杉树抬头挺胸
仰望苍穹，乌云总会散去
一抹蔚蓝泼洒在信念萌生的地方
铺展成如诗如画的美好愿景

没有什么能够阻挡纪念英雄的脚步
所有的勋章将在青山无言的诉说中颁发
每一个后来人的每一声心跳
都回荡着一个民族不朽的誓言
站起来，富起来，强起来，振兴起来

谁把百姓的利益放在心上
谁就能迎来胜利的曙光

谁把国家的独立当成责任
谁就能汇聚起万众的梦想
谁把民族复兴的使命扛在肩头
谁就能永远屹立在华夏大地上

黑暗终将在燎原的火势中退缩

你负责成为一支笔
我负责书写
用比写传奇更曲折的方式

乌江对黑滩河说出这句话时
天空正下着一场红色的雨
每一滴落入河中的
都将成为永不消逝的记忆

迷路了，再把路找回来
先锋队的每一次探索
都是为共同的信仰擘画未来的道路

每一次突围
都是在点燃火炬
黑暗终将在燎原的火势中退缩

甘溪山坳里的每一口饭锅
呼唤着飨食晚餐的英魂
那个叫作陈世荣的年轻战士
用尽一生的忠诚来怀念战友

不忍心把悲壮的往事载入诗歌
怕一动笔，就满目泪水
不忍心把英雄的名字一一呼唤
怕一开口，就痛彻心扉

但我写了
写着写着就呼唤了
一千遍，一万遍

困牛山，以英雄的名义

山，耸立出一望无际的青翠
为美学做出新的注脚

一座山的责任在于，为历史做证
用沉默的方式，证词便变得厚重坚实

初心在血染的土地上开出花朵
每一朵向荣的花朵都不辱使命

百姓心里，每一个纵身悬崖的战士
都长成了信仰的大树，从此坚定不移

阳光，成为树的绿翼
刻着英雄的名字，庇护大地

困牛山，以英雄的名义
高耸出共产党人不朽的丰碑

半个世纪，一百年，永恒的未来
信仰，希望，力量，不变的誓言

一座山告诉我们

别忘了从哪里来到哪里去

不会忘记
永远都不会忘记

困牛山抒怀（三章）

陈明彦[①]

困牛山，一座静寂的山

三面临河，两面悬崖峡谷
树木葱茏山藏俊
鸟鸣啾啾和林声
牛入林中不见牛
人去山中不见影
寂寂无名的困牛山啊，云生雾绕
日升，月落
草木疯长，花谢花开
困牛山，在黔东的群山中
巍峨着，逶迤着
寂静如云
壮美如玉

① 陈明彦，男，土家族，贵州印江人，铜仁学院附中教师，贵州省初中语文骨干教师，铜仁市基础教育专家库成员，贵州省作家协会会员，贵州省写作学会会员。作品散见于《散文诗》《星星·散文诗》《散文诗世界》等。

困牛山，英雄的山

旧势力盘剥他人
遭殃的是穷苦百姓
地火的燃烧，越来越烈
写着苦难的日历
必须要翻过去或者撕掉
在崭新的日历上，郑重地
写上幸福，写上光明

一九三四年十月，应该被记住
桂系军阀在石阡甘溪设重兵把守，对红军围追阻截
红六军团战士在莽莽山谷间东奔西突，处处受阻
前卫变后卫，五十二团奉命不惜一切代价
掩护主力队伍突围
敌人在困牛山早已排兵布阵，挟持百姓在前当炮灰
扼杀这支红军队伍的诡计昭然可见

军号嘹亮，枪声激烈
紧握枪炮的铁骨铮铮男儿陷入困境
开枪吧，打不了敌人
不开枪吧，保护不了自己
退让，一再退让
哪怕已经无路可让

绝不伤害无辜的百姓
绝不做懦夫缴械投降
山崖之下，虎井沟的流水湍急

战斗的结局让人唏嘘
我们的战士以最悲壮的方式
砸毁枪支，毅然跳下悬崖
上百束青春的火焰熄灭，上百个年轻的生命陨落
草木肃立，山河悲咽
困牛山，让人记住壮烈
叫不出名字的英雄们啊
你们值得永远敬仰
你们值得永远铭记

前进的困牛山

每一块红土地都该富饶，哪怕它偏远
每一块红土地都该富饶，哪怕它贫瘠
每一块红土地都该富饶，哪怕它落后
过自由而幸福的生活
数代人的追求，无数人的梦想

去困牛山，是使命
一代又一代共产党人的使命
通上电，让黑夜里的光亮多一些
用上水，让山泉的流淌欢快一些
铺上路，让崎岖的山路宽阔一些

去困牛山，是信仰
共产党人、战士、百姓，还有一群群少年
聆听红色故事，汲取红色力量
弘扬红色精神
这是对过去在此浴血奋战的人最深切的缅怀
这是对美好生活的最诚挚的期待

如今，基层干部和当地百姓携手并肩
共同规划困牛山的明天
我们完全有理由相信

春风浩荡，阳光普照
困牛山前进的脚步一定会越来越矫健
困牛山的明天一定会越来越美好

困牛山之歌（组诗）

胡　泉[①]

与一座山站在一起

隐于群山丛中
一座无名的山，用清晰的轮廓
表露自己的倔强
孕育出溪流，清风，野草
松柏站满山头，顶着
不惧风雪的头颅迎来春日和风
深林传来鸟鸣和兽语
以静穆的姿势去聆听
眼前杜鹃花寄出忧伤
静谧的阳光从树梢洒落
林间有金色的光彩

---

① 胡泉，男，侗族，贵州省石阡县人，1999 年毕业于铜仁民族师范学校，中学语文高级教师。作品散见于《贵州作家》《劳动时报》《铜仁日报》等报刊。

此时，只想与一座山站在一起
成为另一座山

与一场雨不期而遇

摆好桌椅，清茶
一群虔诚的后来者
聆听两位耄耋老人
描述一场历史的风雨
汲取故事的养分和精血
壮实自己的骨骼

此时人间三月
阳光明媚是时代的注脚
故事的曲折和跌宕
引来窗外一场
不期而遇的骤雨
犹如枪林弹雨迎面袭来

多年以后

多年以后
所经历的事成为记忆
所经历的人入坟封土
零碎的回忆
像黑滩河里的浪花
转眼即逝

老树还在，老树的种子
在新坟上生根发芽
四季轮替中长出粗壮的树干
多年以后
这个春天，让我所见到的树
枝繁叶茂

黑滩河

在黑滩河游走的脚步
轻一些，再轻一些
不去惊动那些沉睡的名字
灵魂深处祈祷
只在心里默念：黑——滩——河——
害怕一不小心，引来一场风雨
泄露黑滩河的前世今生

明澈的每一滴水
在黑滩河深山峡谷中洗涤
一个个光辉的名字
和那些血肉之躯
它们的去路
都指向海的方向

在虎井沟仰望

下虎井沟，除一段石梯路
还有一段土路
土路随山势曲折而下
没有人为的修葺
这些曾被风雨击打过的土地
和那些踏过荆棘、翻山越岭的人
是勇敢的探路者

到虎井沟，所见的水是温柔的
所见的云天是暗淡的
仿佛看到那个秋天的一片树叶
从山上飘落，拥入大地
流水轻轻扶起
从此人间不再颠沛流离

困牛山

朱良德①

在黔之东，一只鸟在山顶上飞
飞翔低于天空，黑滩河的水
流过乌江，依然匍匐于大地
在困牛山和十二梁子山的夹缝里行走
我一路小跑，与一段历史结伴而行
一座名叫困牛山的小山峰被我日夜追赶

困牛山高举着天空，胸膛蜿蜒出
涓涓流水，流向远方
我在困牛山，蹲下身来
与这里的草木交谈，并不断抒情
一段历史被歌颂，黑滩河曾在困牛山脚下
怒吼着，咆哮着撞向悬崖峭壁
像一只铜号，震颤山谷的声音

---

① 朱良德，男，侗族，贵州石阡县人，1991 年毕业于铜仁民族师范学校，贵州省作家协会会员。作品散见于《民族文学》《中国作家》《诗歌月刊》《诗刊》《飞天》《草堂》等，入选《21 世纪中国文学大系》《中国诗歌作品榜》《21 世纪贵州诗歌档案》等，著有诗集《稻草哲学》《他人城市》。

唤醒沉睡的黔东大地

在困牛山狭长的山谷里唱首歌吧
但这样的歌唱起来
你必须字正腔圆，歌声嘹亮
你必须青筋暴跳，血脉偾张
直至声音嘶哑。黑滩河的流水
一次次被群山撞破，追随一条河流的走向
黔东大地的水平面
始终未能拼接出片刻的平静

困牛山英雄群雕（组诗）

王　晖[①]

困牛山的英雄群雕

在困牛山
一百多个红军小战士集体跳崖了
八十七年过去了
这片山谷长成了凝重的样子
草木有情，也在落泪

山谷里他们是
一座悲壮的群雕
一座无法塑形的
粉身碎骨的英雄群雕

---

① 王晖，女，汉族，铜仁学院写作研究院教师，高级编审，中国作家协会会员，曾在《人民文学》《青年文学》《诗探索》等刊物发表作品，出版有诗集《微尘里的爱》《大地的四季》《边疆的白杨》，曾获首届“绿洲文艺奖”、第二届新疆社科期刊“优秀文章编辑奖”一等奖、中国武警“橄榄绿”年度优秀作品等奖项。

跟随红军小战士的
是摔向山崖的枪支
红军的枪支宁可坠崖
也不对准当地百姓
宁可坠崖
也不落入重重包围的敌军之手

一百多个稚气未脱的红军战士
集体跳崖
困牛山从来没有这么疼痛过
那一刻，整个群山都在痉挛

祭奠英雄

来自大山的红军娃娃
没有家，没有后代
我们来祭奠他们
我们就是他们绵延不绝的后代

我们站在崖畔
悲壮这个词太轻太轻
它配不上这一百多个红军娃娃
我们默默垂泪
哭成了最苦的山水

红军长征先遣队的小战士们
我们怀念你们
静静地安息吧
你们放过的黄牛还在静静地眺望

每到一个日子
山谷里就会吹响含着悲声的军号
那是幸存的红军
在此集合他长眠于此的战友

群山间，军号在唤每一个小红军的名字
那些曾经打赤足割青草的少年

曾经翻阅识字课本的少年
每年的这一天
都会在嘹亮的军号里集合

困牛山记忆

黔东一个无名的山谷
一九三四年十月十六日
一群战士
给时间注入了
永恒

面对三面围困的敌人
红十八师五十二团
一百多个红军战士
拒不投降
为了信仰
纵身一跃
悬崖边
他们集体飞翔的姿势
带着高不可攀的集体意志
气壮山河

一个山谷
从此变得凝重
困牛山
青山依旧，绿水长流
茂密的群山间回旋着

一支红色队伍
隐约的
经久不息的青春旋律

幸存者

每年的某个时刻
一个永不退役的号兵
在遍野山花
布置的庄严祭坛里
吹响军号

一年又一年
为逝去的战友吹号
起身号
吃饭号
集合号
那声音流荡得多么辽远
多么苍茫

困牛山
一九三四年十月
那场惨烈的战役后
每到一个日子
黑滩河峡谷
嘹亮的军号
一如当年
响彻碧绿的山谷

这是队伍里
唯一的幸存者——陈世荣
渐渐老去的吹号兵
在怀念牺牲的战友
他在号声里
与他的战友集合
不朽的身影
与他从未失散过

甘　溪

时间停在了
一九三四年十月十六日的悲痛里
无名烈士碑前
在枪林弹雨中
倒下的
红军战士
没有留下姓名

倘若他们活着
就能过重阳节了
遍山的茱萸里
年轻的身影本该
插黄色的茱萸登高

隔着久远的硝烟
我们沉浸于悲伤
甘溪无名烈士碑前
珍爱和平的我们
在泪水里
追忆一支永恒的队伍

子弹穿过红军战士的身体

子弹该是悲伤的
红军战士坠落的山坳里
春天也是悲伤的

木根坡红军纪念馆

在木根坡红军纪念馆
一位音乐老师
从展柜里
取出军号
依照战争年代的号谱
让军号声再度响起

嘹亮的军号
散发着
黄铜的明亮
它的声音
擦亮了曾经黑暗的时代

退役的军号里
收藏着多少不为人知的
战争年代的特殊语言

从这座山巅到那座山巅
军号捍卫着自己的好嗓子
那悠长的旋律
翻越高山
横渡溪流

在最艰险的深沟里升腾起
最响亮的语言
激情地预告着
黎明与未来

重走长征路

走到困牛山这一段
陡崖下
没有路可走了

伫立绝地
只有至高无上的仰视

一百七十个
红军战士
把生命
同时砸向深渊

悲壮的一幕
无言地长成了茂密的丛林

如果你不知道这个故事
会以为这只是一处寻常的山地

殉了理想的战士
让这里的一草一木变得庄严

困牛山的乡亲

年年清明
乡亲们从四面八方赶来
在困牛山半山腰祭奠
集体跳崖的烈士
几代人自发的风俗
还在延续
八十八年过去了
生者与死者的思念与对话
从没有中断
一切都那么自然

山谷寂静
逝去的
是战士们年轻的生命
他们的精神
从没有离开过武陵山深处的
困牛山

困牛山讲解员

我遇见
一个朴素的讲解员
她离开繁华的深圳
选择偏远落后的石阡县支教
一来已是十七个年头
她不怕苦不怕累的行走
就是生命的一次
远征

在困牛山
战斗遗址上
在庄严肃穆的纪念碑前
讲解员赵春莉
把党史、军史、地方志
讲得那么透
她是多么投入

长征的事迹
她含着泪
常常讲到声带嘶哑失声
她将历史的细节带到我们眼前
超范围的讲解和激情

是为了让更多的人知道
困牛山的历史
不可磨灭

如　果

如果生活在现在
他们就会拥有现世的安稳
困牛山
一百多个集体跳崖的小战士
或许正在高中、大学读书
或许正做着勤劳的快递小哥
在各行各业
经营着朴素的人生

如果没有战争
他们会分布在一百多个地域
拥有一百多种平凡的命运
就不会有母亲失去儿子的悲伤
就没有我们祭奠烈士时
永恒的悲伤
然而
没有他们
就没有我们今天的和平

听红军后代讲故事

战争过去
硝烟散去
红军战士们活在了故事里

讲故事的人
用泪水
擦亮了岁月

红军的故事
被带往祖国各地
听故事的
后来都成了讲故事的人

昔日惨烈的战场
笔陡的红军跳崖处
逶迤着一拨拨
前来凭吊的百姓

人群里，白发的爷爷
牵着小孙女
缓慢地向下攀岩
去看一眼

战争史上悲愤的山谷

如今，那里溪水潺潺
山野秀美
进入到虎井沟的沟底
站在最深的地方仰望
山间的草木
都有着一种特别的
凝重

怀　念

忘不了
困牛山村支书张国玉
停在她七岁时
姨姨祭红军的地方
红军事迹
就像山野里的野蔷薇花
生生不息

忘不了
雷振邦、张君罕
两位白发苍苍的老党员
穿着沾满泥土的老解放鞋赶来
历史书里没有的细节
留在他们的乡音里

张君罕少年时
和初中同学
捡拾散落荒野的烈士骨头
为之清洗
再用背篓背着
安葬到烈士陵园

还有那些悲痛的村民

捡拾着骨骸
失去了生命的红军战士
肉体已无存
故乡的土
成了战士们最后的怀抱

那些红军的墓地
在不远处
眺望着
如今安宁和平的村落
他们幸福的后辈
祭完了先烈
继续回到各自的劳动里
生活里

从困牛山出发（组诗）

末　未[1]

错　觉

长征已成为人类的奇迹
但战斗的惨烈还在眼前继续

每次来困牛山，我都会被错觉围困
风吹草动，让我看见真假难辨

比如你说的山路弯弯，在我眼里
却是一根从战士腹腔漏出的热肠子

它从不牵挂倒下的身体

---

① 末未，本名王晓旭，男，苗族，贵州印江人，中国作家协会会员，铜仁学院副教授。作品散见于《人民文学》《民族文学》《诗刊》《山花》等数十家刊物，入选数十种选本，出版诗集四部。曾获首届贵州省文学奖、首届贵州省青年作家突出贡献奖、第二届贵州省专业文艺奖特等奖、贵州省乌江文学奖、贵州省少数民族文学创作“金贵奖”等奖项。

但一直牵挂祖国的山河

又比如你说的红云，怎么看
它都是一面被硝烟撕破的旗帜

后来你不说了，我就坚持认为
我看见的，不是你看见的

正如此刻嗖一声飞出的鸦雀，它是
某个士兵扔出的，会唱歌的手榴弹

信不信由你，每一次我都要屏住呼吸
躲在心跳里仰望，好大一阵

关于晏明红军纪念塔的比喻

以天为纸
这是一个庄严的笔头

抒写的人
叫中国工农红军

显然——
这是一支“英雄牌”钢笔

它有专用墨水
鲜血和眼泪

寒风岭红军无名坟

像星星忠实于夜空
像热血忠实于心脏
我是说当年
一群穿草鞋的人
在枪林弹雨的路上
倒下了
但他们的骨头
还一直坚守在寒风岭
没什么可怀疑的
我们都听见了风声
如此之紧
这是他们杀敌的呐喊声
至今，也未曾湮灭

孤　峰

显然，这里的硝烟已成过去，但来困牛山
很有必要，继续披荆斩棘，继续
在悬崖上，来一场左右开弓的搏击

我就是这样以手为刀，斩断了内心的恐惧
后来又在连滚带爬中，发现自己的骨子里
藏着一名勇士

在我的固执下，太阳只好靠边站
黑滩河也露出老底——棱角分明的石头
如野生的性格，不懂得自圆其说

不管怎么说，我已经成为深渊的一个盲点
当我回看仰拍镜头中的我，真没想到
我也是一座孤峰，披挂着绝壁，在人间行走

仰望红军集体跳下的那座悬崖

困牛山有偏爱，尤喜悬崖深渊
还有这里的绝处
——不可能逢生

我也有偏爱，转身便是大道通天
却把一条断头路当作自己的小肓肠
在峡谷里越陷越深

像陷进战争的阑尾炎，那天
我手脚并用，也没爬出一个字
——痛

致 敬

为了超越自身，石头和石头组成方阵
托举着一支队伍的名字朝未来的时间延伸
一起延伸的，还有他们二万五千里的脚印

追随者早已络绎不绝，我只是后来者之一
在一块厚重的石头面前
我不敢奢谈坚守和信念，甚至呼吸也要收敛

我只能低下头，像一个突然发现自己身上问题的孩子
那是必须的，无声绕纪念碑三圈
这不是为了证明，我是一个自觉缅怀先烈的人

在甘溪无名烈士碑前

“倒下的是身体，站起来的是精神”
这句话，是别人说的

但可以类推，打散的是名字
打不散的是信念

我甚至怀疑，情急之下
他们将姓名拆开

把笔画当子弹
压进了枪膛

正当我浮想联翩
一张红枫落下来

滑过石碑的胸膛，像大地之手
在轻轻抚慰，一颗停止跳动的心

唯一的选择题

我知道钢枪的事情
只管子弹脱口，其他的
从来不问，包括生死

我不懂战争之事，可还是想弄明白
为什么，要在悬崖上纵身一跃
用粉身碎骨，完成一道选择题

前追
左拦
右截

此情此景，为什么不放下武器
举起手来，放自己一条活路
让呼吸，苟且

谁叫他们是红十八师五十二团的战士
“宁死也不做俘虏”
不用生命捍卫，就不是誓言

像一枚炮弹寻找着炮膛

那天，我像一枚怀揣心事的炮弹
寻找着炮膛，老是在一条螺丝路上
高矮不分。有一脚踩空
摔倒之后，听见“轰”的一声
差一点，我就冲出了自己

那天，簸箕大的太阳也在云层背后
走来走去。它才是一个烧红的炮弹
一直追踪我的阴影。因为太远
听不见它在西山爆炸的声音
但能看见炸裂的红霞，漫天乱飞

其实，那天，我更像一个公开的间谍
满山坡寻找灵感的扳机。我想写下一首诗
用文字复原，战争的是和不是
但因历史都是过去的事，像我这样走马观花
要看见真相，几乎，不太可能

放空枪

一个人放空枪
可以理解为走火

一个集体放空枪
那就非同凡响

问题是，放空枪的这个集体
如果我说是红军

问题是，被迫走在枪口前面的
如果我说，是困牛山的群众

两个问题，其实都是史册上说的
同一个答案——宁死不伤百姓

史册上还说，跳崖之前
他们已把枪全部砸烂

不为别的，革命的武器
不能落入敌手

长知识

军号就是——嘟嘟哒，哒嘟嘟
多年以来，军号就这样
在我心中嘹亮

那天在木根坡红军会师纪念馆
见了军号谱，才得知军号并非
我说的这么简单

出操有出操的调
冲锋有冲锋的号……
原来，我对战争的号角实在知之甚少

以此类推，革命的复杂性和艰巨性
对于我这个和平年代的人
简直，想都不敢想

亲　人

每年清明节
人迹罕至的黑滩河峡谷
都有军号吹响

起初，村民以为是幻觉
甚至以为是困牛山跳崖的红军
在显灵

后来才知道
是当时的幸存者——司号员陈世荣
以此怀念他的战友

每次讲到这里
讲解员赵老师都会泪流满面
好像他们，全是她的亲人

还原红军战士在虎井沟遇难情景

“上来一个
倒下一个
像倒下一堆
肉块
血
流了一沟”

这是当地老人
也是当时
躲在树林里的目击者
对被打散红军
在虎井沟
遇难的描述

说完
他低下了头
像默哀
更像一个永久的伤疤

守灵者

东看
西看
南看
北看
远看
近看
老君山一带的山
根本就不是山
而是一群顶天的卫士
他们头戴白云
集体替我们
为红军坟里的忠魂
守灵

听张其会老人讲

一九七五年
晏明公社
修红军纪念塔时
他背了两背篓
红军的遗骸

他说年纪大了
记不清
有多少人
背过

附近的砖窑
天坑
还有几座无名坟
是遗骸的
发掘地

在送进塔身之前
晏明小学的师生
含泪
用泉水
把遗骸洗了一天

“塔上没有一个人名”
刚讲到这里
天空便下起了
瓢泼大雨

回　声

站在红军跳崖处
朝黑滩河峡谷
扔了一块石头
我想知道
这深渊
到底有多深
但回声
一直没有传上来
由此
可以断定
当初
他们是多么决绝

学生篇

困牛山：向悬崖之上发起进攻（组诗）

锦　生[①]

悬崖之上

月下，那些跳下悬崖的人开始出现
冒出头来的，是最先跳入崖底的
第一片叶子。它舞动得最高昂
叶尖马上就要碰到月梢

第二片叶子，身体翠绿又明亮
上一世，它已经把最好的军装送给了
人间，那个贫困的农人

第三片叶子，把花蕾作为军号
将风随意驱使，旋转，上升

---

① 锦生，本名罗帮振，男，汉族，90后，毕业于铜仁学院2013级教育技术学专业，中国诗歌学会会员，贵州省作家协会会员，晨光文学社社员，作品散见于《山花》《梵净山》《铜仁作家2016年度选本》等。现居铜仁。

转弯抹角，誓必要吹出最嘹亮的声音

第四片叶子，第五片叶子，第六片叶子
……第一百零一片叶子
它们陆续地向悬崖之上发起进攻

那日 · 重阳

那些被胁迫的人民，作为肉盾
他们无辜。然而，英雄们从来
都不会将枪口对准无辜的人

那些迎面而来的风，它们幸福
有幸抚摸英雄们的面容
那么轻易，那么轻松

那些坚固的石头，它们幸福
在悬崖上，与英雄们共同作战
心甘情愿地垫在脚下，与英雄们
一样，拥有同样的品质

那些崖边的绿树，它们幸福
作为其中一棵，救下英雄的命
把他们举高，仿佛在向人间
慢慢地炫耀
——那些崖下的绿树啊
你定要迅速地投下全部绿荫

红军后人

红军后代讲述这段鲜为人知的故事
曲折，无奈，信念的坚守……
朴素的话，从他们口中有序地流出

其实，也是无序的，说到
要枪毙红军的时候，说到去挖出
那一堆堆遗骸，残缺又裸露的
像白玉般的骨头的时候
说到背负着它们，去往另一个地方的时候

我们缄默，不愿打断这美丽的无序
风一遍遍地吹拂着，翻阅经卷般浩渺的广阔

虎井沟

菖蒲肥大，没有一丁点儿野生的样子
我们经过虎井沟的时候
都小心翼翼的。它们的体内已经流淌着红色的血液

它们清香。是那些跳崖人的体香
凑到鼻边，我不禁用力地嗅，用力地闻
这还不够，我还要拿给王晖老师闻
让她认识一些新鲜的事物。也好
好像我在向她不停地炫耀

这还远远不够，我还要沿着溪水去找寻
更多的菖蒲。那些跳落崖底的人
正在它们体内不断地重生

溪水里，一条小鱼奔跑，没有一丝的恐惧

宴家湾烈士陵园

驻村第一书记赵军说
那些已故的人，我要常祭
带学生去那里走一走
站在红色的土地之上
读那些碑文，作为怀念

他们的灵魂早已经飞升
遗骸长存，或者入土
更残酷的历史不宜在此时揭露

怎么能再说想念呢，怎么能
把敌人的罪恶再念给他们听
他们早已摆脱人间的痛苦

硝烟，手榴弹，军刀，激烈又沉重
这些被瞻仰的距离
仿佛世俗里的一场朝拜

困牛山

如果愤怒，就带上
你的刀，带上
你认为最锋利的事物，上山
不是为了出家或拜佛

要把全部的花草
作为困牛山的花边
英雄的眼泪挂在扉页

用狠辣的眼睛去
斩尽史册，光芒和虚无
然后大声地怒吼

那些丢械和退后
不是因为懦弱

子弹曾穿过身体
硝烟也曾在耳边喧嚣
尽管那些，滚烫而灼热
但都选择了缄默，又仿佛
什么都说了

无碑：烈士墓群

您睡了，睡在张金寿村里
您的眉宇被风吹动
鼻孔冲出的气息
慢慢变重，沉入泥底
色彩斑斓的时刻
也不再眷恋
它占据已久的天空
带着满经人世的身子
滚落山头。唯有的余晖
还千里迢迢赶来
亲吻您的眼睛
总得要离去的
远处森林披上黑色风衣
苍老的您
不再关注这个世界
您的嘴巴吞吐起
逐渐变冷的清风，牙齿
成为崖峰
坐落在困牛山的风口
无奈地叹息
看着世界黑成一片。可您
还睡在冷冷的张金寿村里

军　号

——红十八师五十二团

军号在坠落，像一颗星星急剧下降
那些来不及作的修辞，如同一些不成熟的手法
被没收。语言的高度即是思想的另一种表达

几座年轻的群山，包围着另几座年轻的群山
有落叶的山头，我们便认为它自己老去
有竹笋或者新鲜的事物冒出头来，我们便唤它年轻

从柔软到坚硬，我们须绕过岁月的这头
再从坚硬到柔软里，偷出最柔软的部分
一生打磨，才发现人间落尽的余晖

去往困牛山悬崖底的途中

沿路的鲜花已经暴露了它们生命里的绚丽
出生于昨夜。茂密的树枝低垂
还开着另一种花朵的树枝也低垂

我们用嘴巴开始争辩。争辩死亡
争辩人类的战争，也争辩
命运。我们把嘴巴当作了
自己手里的士兵和武器来发动战争
困牛山的鲜花不争辩。茂密的树枝
不争辩。开着另一种花朵的树枝也不争辩
我们掉进了一湾溪水里，像树枝一样低垂

那群被困的斗牛

困牛山，只不过是几座山头
怎么会困住一群斗气冲天的壮牛呢
它们可以踩在山头，吃翠嫩的青草
或者打几个滚儿，慵懒地躺着

十八师五十二团，这一群斗牛就是被困住了
被胁迫走在前面的百姓：
那是谁家的母亲啊，温柔的母亲
那是谁家的孩子啊，天真又稚嫩
那是谁家的老人啊，苍老又慈祥
以他们当作取胜的肉盾，多么卑劣啊

就这样被困住了，只要笑一笑
就成了自己的母亲。只要一出声
就成了自己的孩子。只要一声咳嗽
就成了自己的老人。怎么能用枪口对着他们

枪声像怒吼在天空中回响
却不伤一人。以此为证，它们
有足够的资格，保卫群众
幸存下来的人，依然被这样困住
每次经过这里，他们都仿佛天旋地转

感觉踩空了，脚底一片虚无
多么不甘啊，成为他们心中永远的牢笼

溪水流

溪水在流。从发源地开始
就一直不停地流。岩底荡漾晴空
只有涨洪水，或者下雨的时候
它们才变得混浊，来势汹汹

春天的第一声雷劈裂了天
白云啊白云！牺牲在历史的云海间
把碎裂一地的伤痛都留给黑夜

夜深人静的时候，水流浮出地面
哗啦哗啦作响。从山里边换来一把
桃树枝和梨花瓣，在山谷的肚子里
穿针引线。夜越深，它就唱得越响亮

响声敲在一排排岩石上
泥土和血液归于大河
死在一声声回音里
整个军团在这个春天活了过来

大山，请为红军战士起立（组诗）

陈智华 [①]

走进困牛山

去困牛山，和春天一起出发
红军壮烈牺牲的场景
反复出现在一个人的心中
在我仰望的高度，雨水被乌云围追堵截
无处可逃，只能飞身成仁
跃下万米高空，让信仰在深谷绽放
汽车铆足力气，在高速路上狂奔
载着我们走进石阡县。在春天的高速上
群山肃穆如雕塑，隧道伸向远方

---

① 陈智华，笔名南飞鸢，男，土家族，90 后，贵州沿河县中寨镇人，2019 年毕业于铜仁学院旅游专业，贵州省作家协会会员，晨光文学社社员，作品散见于《贵州作家》《贵州日报》《梵净山》《铜仁作家 2018 年度选本》等，曾获梵净山年度文学奖、晨光年度文学奖等奖项。

穿过黑暗，阳光像溪水潺潺流淌

在风的牵引下，我们一步步向历史靠近

大山，请为红军战士起立

刚下车，阳光突出重围
在大地上匍匐。目光与一座纪念碑
相遇山坡上，我心中顿生敬仰
向林中走去，和杉树轻声呢喃
这些活着的见证者，曾被鲜血喂养
我不敢高声说话，害怕大地深处
传来一句回音。八十七年前，大山回收怒吼
子弹茫然进入心脏，红军战士的姿势稳如丰碑
沿着石阶而下，讲解员的声音中
有一条悲伤的河流，从我们的心里淌过
走到崖畔处，顺着风吹来的方向
一群年轻的身影，在空气中闪现
他们为理想信念，集体献身——跳崖
多年以后历史从山谷中苏醒
绵延的群山，请为红军战士起立

前往黑滩河

一条小路在灌木丛派生记忆
坑洼不平像一个人身上的伤痛
我们相互搀扶，前往黑滩河
探寻历史的真相，路边开满白色野花
那是大自然在祭奠英灵
抵达黑滩河，流水呜咽
一百多个年轻生命
像风抱着自己向悬崖扑去
为救百姓，舍生取义
小路上阳光开道
我们站在悬崖边聆听红军故事
八十七年前朝天发出的枪声已成为绝响

仰望虎井沟

站在虎井沟，山从身体里
掏出嶙峋，生长怪石
树木在石缝中安家
请致敬树丛间那根青藤吧
它弯曲的身体是一根善心肠
在一九三四年挽救过红军的生命
阳光跌落沟底，看啊，一行奔涌的泪
在黑滩河恣意流淌

晏明红军烈士纪念塔

晏：头顶阳光，地下安息
明：日月照耀的地方
晏明红军烈士纪念塔
埋葬着一部信仰史诗
我们在塔前瞻仰，风也在这里停驻
驻村第一书记赵军的梦想比天大
自筹资金，制作路标指示牌
让困牛山红军精神
传遍山里山外

风吹过的，都是她想带走的悲悯（组诗）

李甜甜[①]

无碑辞

荒坟是大地的珍珠，我走在困牛山的林野
总有几颗在闪亮

星星是夜空的眼睛。而那些荒坟，让我
相信什么是最坚硬的盔甲

我站在无碑的坟前，好像我叫不出我某个
亲人的名字

坟头，飘落的清明纸，会被泪水
浇成一团，扯不开的无名状
而我，在这里，为清风飘忽不定

---

① 李甜甜，女，汉族，00后，贵州松桃人，现就读于铜仁学院汉语言文学专业，晨光文学社社员。作品散见于《中国校园文学》《青春》《西部散文选刊》《梵净山》《铜仁日报》等报刊，曾获第五届晨光年度文学奖散文奖、第六届晨光年度文学奖·晨光之星奖。

甘溪辞

卧倒、匍匐。甘溪的遭遇战
一些人，永远沉在了深山

子弹如雨，遁无可遁，烈士们潜在峡谷
时局，已来到了生死攸关

天，低沉。好像揣着沉重的心事，那
漫山的嘶吼，终突破了敌人的钳制

可一些人为了掩护一些人，他们
被时间留了下来。

碑，替他们写下了名字。如果岁月重来
我，愿化作一条溪流，抚平他们的伤口

鸣碑辞

碑，如鸣，在困牛山
碑石敲出了悲壮余音

碑前的人，如负重担，他们的心中
对于敬仰，超脱了碑，本身

在碑后的人，他们沉吟，仿佛所有的言语
凝在了一块碑中，我们读出的，是他们
无悔的遗言

“困牛山的沉静，是倒下的烈士，对生死
弹成了一个空音。”

老屋辞

古屋静默，仿佛屋中的主人
在沉寂中沉思

屋，有镂空的窗格，左右成对
如他空明的双眼，放下遥远的清浊

我，在古屋前，弓成箭弩
时空的扳机，扣住我决之无悔的眼

古屋已老。困牛山所有的屋子
早已成了，那些无名的烈士，赶路的家冢

谷风辞

风，无形，却吹得我
感受了漫野的热情

白云，被风吹去，成了卷积的苍耳。公路上
汽车，在风中，剖开了凌乱的浮尘

我站在风起身的地方，看她走过困牛山的腰谷
谷底，正好放下她无限的温柔

在远处眺望，山谷是大地凹陷的眼睛
风抚过谷，草木是眨眼的睫毛。溪水，风
流下的泪水，而我，最终在风中得到依靠

溪水辞

水，如镜，山、人被拓入其中
照进了逝去与永恒

溪水流淌，岸边的石头听了太久的挽留
水里的鱼，被水冲刷得扁平。卧在
沙底的水虫，在溪水的体内，蛀了无尽的漏洞

我，在溪水边踱步，仿佛自己如眼前的水
在困牛山，烈士们投崖的地方，被时间侵蚀
千疮百孔，可我退去时，来自大地的深沉
牢牢压在我心底

草木辞

木质的纹理，一环扣住一环
如一棵树，发出静寂之音，在内向中迂旋

木有过闪烁，是山风带来的自由
它们，知道摇落的意义。在山的皮层，是草木
遮掩了大地赤裸的伤疤

而在困牛山，所有的草木，是为那些
遗名的土丘，找到他们一生的枯荣
覆盖旧的痕迹。我，亦如一棵草木
在欲言又止中，说出了质朴的可能

风摇辞

风，摇动了我额头的碎发。我的眼
在风中失明——所有的远去，成了
不可追回的过往

风，在我耳旁低鸣，耳蜗里传来卜语
“风吹过的，都是她想带走的悲悯。”

困牛山多歌谣，风，谱下忧伤或轻快
所有的草木、人，都是风辞的乐器

我，唯一能做的，是发出亘古的垂音

花朵辞

花朵，一个季节的喇叭。困牛山
因为倔强的花瓣，而开得悲慈

山花烂漫，独守空山的是张国玉
她以她的美丽，在困牛山守住了尘封的往事

花朵，常有五瓣。而张国玉是最后一瓣
在枝条上，守住沉睡的人，会被春风唤醒

我，倚坐在她的身旁，像迟来的花瓣
捡起她掉落的花蕊，我的眼迷离，有几只蜜蜂
在我眼中采走了几滴热泪

困牛山所思（组诗）

何小蝶[①]

答　卷

走进困牛山
我们依旧无法窥视
红军战士遭受的苦难

一边是敌人，一边
是普通老百姓

在最后
他们一跃
用身体在空中
画出一道完美弧线
交出了自己的人生答卷

---

① 何小蝶，女，苗族，00后，现就读于铜仁学院汉语言文学专业，晨光文学社社员，第五届山花写作训练营学员，作品散见于《中国校园文学》《晨光》等。

瞄　准

步步紧逼
一退
再退

子弹
“咻”地穿过
打在敌人身上
一枪一个

手
开始颤抖
有百姓在
不能打
必须瞄准开枪

载　体

草木丛生，耸立大地
故事于大山中展开
历史的浸染
为它带来一抹红色气息
困牛山
四面八方的人，前来
朝贺
只为看一眼
英雄的
载体

信　仰

山谷里的残骸
述说着
悲壮的往事
号角声响彻整个大地
壮士的脚步从来不会停下
每一次抉择
都关乎
内心的信仰

遥远的故事

踩在困牛山的地面
我们
看向周围
树木茂盛
青色照映整个山间

山前农庄
困牛山的守护人
正在娓娓道来
关于那遥远的
悲壮的故事

当铭记

甘溪，矗立着一座座墓碑
战事之惨烈，牺牲之悲壮
只有
无字石碑收录其中

没有人知道
他们姓甚名谁
只有山间清风存留痕迹
让人触摸不及

血染过的土地
汲取养分，鲜花探出身子
树木茁壮成长
守护世世代代甘溪人

英雄的名字
在历史长河中慢慢显现
信仰的大树扎根心中
逐渐开花结果

困牛山，耸立的丰碑
流露出历史沧桑

不朽的誓言
永远存留在人的心中

当铭记
青翠山谷存留的骨骸
挡住子弹、灾难
带来了胜利曙光

困牛山，红军纪念碑前

岁月洗礼
困牛山红军壮举纪念碑
大字稳刺于碑身
杂草迸发
新生已经来到
每一个来到这里的人
都怀揣信念
走向同一条路

困牛山跳崖壮士

不是剧本
一百多个红军壮士
硬生生跳了下去
加速抵达山脚

四分五裂
鲜血
流淌在土壤、河水
为困牛山抹上浓厚一笔

泪水从空中一泻而下
冲刷整个山体
血色慢慢淡化
身影开始清晰

红军小分队
分散在困牛山
我们站在纪念碑前
深深缅怀

胜利的号角
传遍中国大地

回响在困牛山间

困牛山跳崖的壮士

永存我们心中

困牛山往事

巨牛伏卧
人影逃窜
敌人裹挟百姓步步逼近

食物中毒
身体不适
前方悬崖后方追兵

进退两难
生死一瞬
毅然决定集体跳崖

幡然醒悟
悲痛万分
夜潜崖下安葬忠骨

侥幸留命
定居当地
隐姓埋名守困牛山

时光变迁
民族兴盛
无畏奉献得以传承

梦回一九三四

雾气笼罩大山
梦回现场

红军持枪闯入，面容不堪
百姓惊慌失措，卷入斗争
敌人以人为盾，紧逼
气焰嚣张

红军退无可退
纵身跃入深崖
树枝、杂草紧密衔接
刺入皮囊、血肉

眼前模模糊糊
惊觉一场大梦
一九三四年某一天的困牛山
无人能还原
那惨烈场面

拼凑原貌

光线四处投射
困牛山的原貌无法看透
崎岖的山路
脚印重叠

太阳光透过头皮
直接进入大脑
汗如雨滴
渗入发根

停留在悬崖深处
涓涓细流
茂盛草木
俨然是个好去处

谁承想
这里埋葬不屈之士
血流成河
面目全非

仔细探寻、重构
原来面貌总是差点儿意味

困牛山的土地公
可否讲讲
让人重新拼凑拼凑

困牛山札记（组诗）

杨　旭[1]

车行记

川硐，石阡。百余里路程
没有人告诉我，去往一个地方会上高速
去往一个圣界，会如此虔诚

登车行，车上两行字变得醒目
“当心夹手；紧急窗口”

我仿佛听见了某种俚语，在发动机颤抖里
抖落我一身的疲靡

那无处安放的手，必须捂住赤诚的心口。
那心如明镜，放下诸虚渺的光明

---

① 杨旭，男，汉族，00后，贵州松桃人，现就读于铜仁学院汉语言文学专业，晨光文学社社员。作品见《散文诗世界》《启明星》《楹联博览》《中国青年作家报》等，曾获第五届晨光年度文学奖散文奖、第六届晨光年度文学奖·晨光之星奖。

暝目记

看，是两种活着的状态。暝目
有，对恓惶的执着

车走，窗外的事物远去，而我们在座椅上
思考远处的山林里，遗沉的墓碑

进入那片植被葱茏的山岭，仿佛他们已经很久
没有梳头。山间小路，是他们脸上添下苍老的
伤纹，一行人，在沟壑里走出了新痕

我站在山风最旺的地方，听风的故事。在那个
不大的山头，听到了溪水与大地的缠绵

迟迟不肯说话的，是那些多年前走散的人
成了，镇护这片江山的丰碑

转身记

没有谁，能转身面向自己的影子
与这个世界对立

那些真正转过去的人，舍下了太多不舍
正如旋转的星球，抛下无数个黑白之夜

困牛山转身的人，舍掉悬崖
落差带来的迫切。他们在转身跳下的时候
一定给那个时代砸出了窟窿，我凝视
那尚未愈合的伤口，却
在我眼里吹出了落泪的清风

符号记

世上有很多符号，有人犹如感叹号
咳一声也会是一颗钉子，立成突兀的标枪

而有的人，则像易碎的句号，走到哪
都拧着悬壶，透明的玻璃心

还有的，一生像个问号，他们的样子
饱含对万物的谦卑

在困牛山，百余名战士，集体冲锋、投崖
却像苍天未写完的破折号

一半横在了山涧，成了明晃晃的云桥
一半横在了心坎，成了抹不掉的伤痛

弹琴记

风一吹，天上的绵羊群，被吹成
一把把瘦琵琶

音响，人如音波起伏，在山脊上
成了会尖叫的音调

我看见空中有神明操琴，重音、轻音
在困牛山这把琵琶上来回拨动

琴弦易断。人再如弦音，断成悲伤的面孔
我学着拨弦的模样，在心中撩弦，却怎么
也着不了调

音如怜悯，又如痛彻，有人说我乱弹琴
又有谁知道，多年前的今天，这首曲子
他们落成的音符，是泪水伴奏成了悲歌

原路记

山林苍莽，一条小路
比心中的狂澜更为曲折

“羊肠披落的小道，如羊唇磨草，渐渐消噬
对一条路颠簸，承载人的敬仰”

我，在返回。从谷底爬上来，困牛山的样貌
又一次变得宏大

人走，谷风在追。在风追上的时候
后背的清凉成了虚无，我身后的万物
在低矮中，目送一次离别

我的眼，一瞬间感到了恍惚。山，是苍白
水，成了击溃坚韧之人的利刃

那些左右摇摆的草木，又一次潜入沉睡的烈士们
挥动了无形的手

瞭望记

青山有路，是多为世人踏出的小径
而有些，则被草木遗忘、掩埋

困牛山的战士们，一生走不出他们
开辟的道路，有证据表明，在坠落前
他们没有后悔来到这里，洒下热血

现在，我瞭望他们走过的河山
有如血筋缠绕，一颗红心在大地深处

搏动了黔东的心脏

石头记

石头的质朴
让苍山，多了刺于天空的沉稳

困牛山的石头，无言多于有言
好像它们，曾经见过了难以言表的悲壮

而有的石头，因饮了壮士的泣血，它们
低下头颅，像罪人，让后人在溪水边
看它们，已淌成清流的泪，聊表忠心

我，准备运走一块石头。在山谷将它举起来
高于我头顶的星空。可溪水告诉我，每一颗
石头，都对秘密守口如瓶

我若带走一颗石头，就带走一份沉重。我
踩在它们身上，每一次闷响，都撞击我
那沉痛的心扉

蹚水记

溪水静缓，在困牛山脚下
水，成了摸不透的心事

潺水消滞，吐出一个水泡
水里的螃蟹，守着一块石头
——“直到水泡碎裂，一只螃蟹落成了黄昏”

我站在水边，听溪水说出往事。我蹲在岩岸
看溪水，纯之又纯的容颜

我蹚过溪水，试图解开溪水的心结。我那
浸湿的鞋，在离开溪水后，写下了她的惆怅

木匠记

锉、刨，他在困牛山用手
推平了一些往事

他本是木匠，祖祖辈辈
重复刨来刨去的动作，只为心直眼快
更为困牛山，盖更多的房子，放下
他欲掩盖的过往

他，善用刨子，直到刨平心中的疙瘩
有传闻，他在困牛山的某天，收了个徒弟
到现在，凡，有外人来到困牛山，这片岭
就像有意刨平什么，谷风和白云
压得很低。人，在他的胸口上，走成了平行线

临碑记

碑，凝重。仅有仰望
才能，让他们从铭文中醒来

碑如剑柄，他们铸成的刃，藏于青山
以另一种方式，斩尽蜕去的魑魅魍魉

碑，铭忠骨。我前来瞻仰，在眨眼的间隙
看见了他们舍身的悲壮，我颇像木讷的石像
一动不动。而在我眼前，他们的视死如归
正如石碑，在眼中面不改色

无名记

山风，知道他们的归宿，牧羊人
懂得驱羊，吃掉那些乱长的荒草

困牛山，险被荒废的地名，史卷上
谱写的岁月并不多，但足够让一座山
挺起蜿蜒的脊梁

那些跳崖的勇士，有的留下了名字
而有的，成了无名的土堆

苍莽中，那些无名的人，云朵
是他们晴天的风筝，羊群是他们宁静的修理者
溪水，是他们归乡的信笺

那些在山野遥望的人，不会错过与他们相遇
我，执着两眼的光明，寻找他们回家的足迹

记困牛山之行（组诗）

柯登稳[①]

致　敬

深谷中，两侧山体夹面而来
危峰兀立，咄咄逼人
高悬之美，有些冷峻，更显惊心
支书张国玉用故事将我们引入深谷

正逢春，山林郁郁葱葱
随着末未老师，在崖下
一鞠一躬献上祈愿，致敬
战役一去数十载，曾经的血与泪
让石头淬了铁，铁花四溅
到这里的人，一定会忆起些什么

---

① 柯登稳，男，汉族，00 后，贵州毕节人，现就读于铜仁学院 20 级秘书学专业。作品散见于《晨光》《石阡文艺》等，曾任晨光文学社第四十三届社长、铜仁学院晨光写作训练营班长。

回村后，和两位老人对坐
重复着旧话，我一直深信
从枪林弹雨中穿过的人
都钢筋铁骨。伤别
替他们继续从容地活着

四方仰止

两山之间，让出悬崖
崖壁岩石谙熟化学反应
进化得龇牙咧嘴
掩不住能吃人的嘴脸
陡得更让人心寒
崖上的草木也是走投无路
在猎猎的长风中，慷慨激昂

困牛山战役，枪声密密匝匝
鸟影都是一枚利器
一群人，一生，被截断
我认为，我读懂了
四方仰止，大气凛然
我们深陷空谷，缅怀
奈何眼角太浅，搁不住泪水

英　雄

冥想处
幻化出山林、深沟和腐水
一场厮杀，从中暴露、抽离
草木皆兵
务必谨慎每一丝风
摁住每一层心焦火燎
此役，没有刻意搜罗的情节
录下稠密的战况
更没有一块石头，敢于
切开腹内的倔强与保守
为此战发声
只有幸存者，用悲痛撕裂的呼啸
把它们从山林、深沟中唤醒
及后世出现的森森白骨
足以佐证，他们冲击和突围的方式

战斗，已在山林中沉睡多年
一旦去揭开结痂的伤口
仍可见枪林弹雨，杀声如雷
撼天动地、人神共愤
英雄无名，无泪，无悔
在这里沉睡

石缝中花开（组诗）

王　卓①

纪念碑

世界仍沉睡，如青岗岩
守护最原始形态。赤胆
化作一丝微笑，融入晨曦
点燃星火。光从地平线处亮起

林木自大地升起
他们的脸庞，一块刻着古文字的
碑石，竖立在记忆中

2　王卓，男，土家族，00后，笔名卓子，贵州德江人，2022年毕业于铜仁学院林学专业，作品散见于《贵州日报》《铜仁日报》《贵州诗歌》《梵净山》等，曾任晨光文学社社长。

哀　歌

喊吧，总该喊叫些什么
所有血肉之躯在炮火面前都是草
何况方式如此暴力。连根都不留下

在“失去生命”面前
笔瘫软无力，文字贫瘠

我体内爆发一场战争
我们，死者之骨
退一步可生，但
贫苦人民须立起腰杆

一九七六年九月

我来到一九七六年的晏明公社
请求与寂静一起坠入黑洞
来到坟前，清洗骨头

枝头树叶，被岁月侵蚀
掉回一个小本子。陌生的
数不清的名字，在纸上一字排开

月光洁白。纸上影子巨人
打今儿起，不再是一堆暗影

与记忆对视

三月末清晨，在石阡
我从窗子边往外跳
试图逃离一间空房间

角落蜘蛛网上住满
记忆。历史注视着我

一切无形，与四周融在一起
某种变色龙变成巨网
抓握某种事物。近九十年

如此近，我能听见它们在呼吸
黑滩河的鸟鸣声，震耳欲聋

两座城

各占时光一方，两座城
一座伸手不见五指，为敌军所占
另一座，灯盏昼夜晃动
抚平火光背上的伤疤
灯座选择用沉默述说这场悲痛

我恍惚地向外游
在冰冷的油黑色发光的河面上
一个低沉的声音提醒我。从河底发出
追溯时，请带上你的坟

掩　护

天色已晚，我们一路小跑
前行、隐匿，抵达一潭清水
褪去身外杂物，潜入泉眼
抬头看拳头大的天空
半是阻击，半是掩护

众人包括我，宁愿伐掉一片黑森林
搭建木桥，架在黑滩河上空
足够二百余人全身而退。

信　封

这信封有六扇窗，由汪木匠所做
日光透过前面四扇窗插入神龛
解锁一方世界：时间，似有似无
变化所现，如空如物，胀缩循环

有时候，今天和明天隔着一道深渊
但近九十年一晃而过
时间不是直线，是一座迷宫
汪木匠的徒弟于数十年前闯入
至今未走出。即使汪木匠留了一扇窗

你若贴近墙壁。在窗子下
可以听见脚步声、气喘吁吁声
还有拾起骨头的声音

我站在第六个窗子旁。听人讲
整栋木房子都出自汪木匠之手

一封来信

水流就快窒息
河底野草、碎石凸显
一封来自过去的信
从石缝间流出

文字寂静，隐秘力量
向我们的双腿倾注
从崖口向下看：
空白纸在荒野铺开

签　字

夕阳拉长皮链，影子携带我
陪同青山练习长跑。用二百余个名字

将时间对折，于页面最中间处碰头

继承困牛山两旁
签过字的森林
他们有生命，但无面孔

石缝中花开

雏菊仿佛知道些什么
长眠的咒语？长明灯的必要性？

近乎所有夜晚，火苗都在跳动
尽管在雨天，万物的尽头是潮湿
未必适合燃烧和奉献

石缝里警钟长鸣。世人低语：
碑缝里的雏菊，在隧道里开花

虎井沟

楚槐序[①]

在岩下，绿水蓬勃，青山低语

这里的流云没有停泊的意味
浸染过战火的土丘，已焕颜为
新时代的庄稼地

在英雄的人民中，故事传颂至今
“宁可死，也绝不打老百姓”
当年悬崖峭壁上的存亡
确是一件进退两难的事情

在岩下，用目光攀爬石壁
如闻喊声震天，仿佛置身险境

在岩下，周遭的荒草，张牙舞爪
彻骨的悲伤，有理有据

---

① 楚槐序，本名蒋振炜，男，侗族，00后，黔东南州作家协会会员，现就读于铜仁学院汉语言文学专业，晨光文学社社员，作品散见于《飞天》《青年作家》《星火》《散文诗》《青春》《散文诗世界》等。

困牛山

张　稳[①]

从没想过，我们会以这样的方式
彼此慰藉，他们说的这里
你们也在
生长的青树还原战场，流淌的绿水
是冲锋的号角，也是故事的配乐

树皮包住的是你的鲜血，流水八十载
也没有将你们的信仰冲刷掉
困住的牛，会有主人四处寻找
困不住的，向上、向你的家乡
我们的新中国

路的尽头，是永垂不朽
石头、流水、树
变的、不变的，带不走

---

① 张稳，男，土家族，00后，土家族，贵州沿河人，现就读于铜仁学院信息工程专业，晨光文学社社员，作品曾在《晨光》《石阡文艺》发表。

我们不会留下，你们
将永远守护这里

红军纪念碑

黎焱玲[1]

碑上混杂着许多东西
一些刮痕，还有各种方言
它带着几十年前的雨和雪
风风雨雨地到这儿来
站在高台上

这碑本该在这儿
好像这是它的权利
就像暮色有吞噬我们的权利
碑在夕光下，分出一部分
豢养阴影，剩下的，豢养流水人家

因为它，我的日子平淡而单薄
我可以在夜色中点灯
找我想去的地方

---

① 黎焱玲，女，汉族，00后，贵州安顺人，铜仁学院2021级汉语言文学专业学生，晨光文学社社员，作品曾在《晨光》发表。

兜兜转转地来到这
我知道，这里是很多人的最后一站
我也知道，出了这里
我还要再去见一块，这样的碑
因为，出了这里
不会再有绿色指示牌
给我指路